POESIES INÉDITES

DE

LÉONARD

AUTEUR D'ALEXIS,

Du VOYAGE aux Antilles, etc.

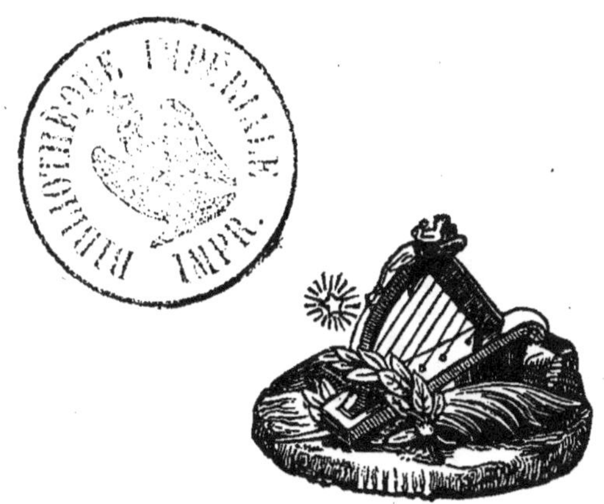

CASTRES

IMPRIMERIE DE Veuve GRILLON, TERRISSE et FABRE.

1870

Première Amélienne

LE SERMENT.

Oh ! quand me diras-tu « je t'aime ! »
Quel sera le jour adoré
Où ta voix, ta voix elle-même
Prononcera ce mot sacré ?

> Douce Amélie,
> Femme chérie,
> O toi ma vie,
> O mon amour ;
> Mon cœur t'adore
> Sans être encore
> Sûr de l'aurore
> D'un si beau jour !

Quel lieu choisiras-tu pour sceller tes promesses ?
Quels lieux seront témoins de nos doux entretiens ?
« Les forêts, me dis-tu, car jamais mes caresses
Ne voudront pour témoins d'autres yeux que les tiens ! »
« D'autres yeux que les tiens » ! Il est donc vrai, tu m'aimes !
O jour trois fois heureux ! Oui, les Anges eux-mêmes
M'envîront le bonheur que m'apporte ce jour !
O Vierge aimable et belle, oh ! pardonne, Amélie,
Pardonne à ton amant, pardonne à sa folie,
    D'avoir douté de ton amour !

> Pressez-vous, heures fugitives,
> Hâtez ces trop heureux instants
> Où des bois les nymphes craintives
> Présideront à nos serments.

> Hamadryades,
> Tendres Naïades,
> Belles Dryades
> Recevez-nous.

> Recevez-nous
> Forêts secrètes,
> Humbles retraites
> Vous qui ne faites
> Aucun jaloux !

> Douce Amélie,
> Femme chérie,
> O toi ma vie
> Et mon amour,

Mon cœur t'adore
Mon cœur t'implore
Sûr de l'aurore
D'un si beau jour !

Deuxième Amélienne

LE DOUTE DISSIPÉ.

Quel rivage t'a vu paraître,
Charmante fille de l'Amour ?
Quel est le radieux séjour
   Qui t'a vu naître ?

Viens-tu de la terre ou du ciel,
Femme à la chevelure blonde ?
Est-ce un Dieu qui t'a mise au monde ?
   Est-ce un mortel ?

Ta bouche, qu'un sourire aimable
Effleure gracieusement,
S'ouvrira-t-elle, ange adorable,
   Pour ton amant ?

Dissiperas-tu , chaste Reine,
Le doute qui pèse à mon cœur,
Toi, ma charmante souveraine,
   Toi, mon bonheur ?

Ainsi parla mon âme , et l'image chérie,
Que me cachait un voile officieux
Se découvrit rayonnante à mes yeux,
   Et je reconnus Amélie.

Troisième Amélienne

L'EXTASE.

O ma douce Amélie
Tu réjouis mon cœur,
Quand ta bouche jolie
D'où descend le bonheur

S'ouvre pour des paroles
Amoureuses et folles
Où s'empreint la douceur !

Quand ta voix gracieuse
Lyre mélodieuse,
S'unit aux sons jaloux
De la harpe touchante
Qui vibre palpitante
Sous tes beaux doigts si doux ?

Quand, miroir de ton âme
Tes yeux font entrevoir
La chaste et pure flamme
Où ton amour s'enflamme,
Quand l'approche du soir
Fait naître un doux sourire
Sur ta lèvre où se mire
La joie avec l'espoir !

Quatrième Amélienne

L'EXTASE. *(suite)*

Lorsque le soir les bergers du village
Chantent en chœur leurs amours et leurs jeux,
Seul je me rends dans le bocage
Rêvant à l'objet de mes vœux.

C'est là que je l'attends, la Reine de mon âme,
Le silence des nuits est si doux à l'amour !
C'est dans ce gracieux séjour
Que pour elle mon cœur s'enflamme !
Le mystère des bois préside à nos serments
Le Ciel seul nous contemple, et la lune pensive
Prête sa lueur tendre à nos épanchements,
Et sourit au bonheur d'une beauté naïve !
La nature pour nous est lente à sommeiller :

Rien ne trouble la douce ivresse
Que notre cœur à savourer s'empresse,
Oh ! quand tout dort autour de sa maîtresse
Pour un amant, qu'il est doux de veiller !

Cinquième Amélienne

L'EXTASE. *(suite)*

Quand sur mon cœur elle repose
Je la regarde et je me dis :
Chaste fleur au printemps éclose
Elle est belle comme la rose,
Elle est pure comme le lis.
Elle a la splendeur éclatante
De l'aimable reine des fleurs :
Elle a l'innocence touchante
Dont le symbole est cette plante
Aux blanches et douces couleurs.
Rose superbe, elle rayonne
De mille feux, de mille atours :
Lys innocent, elle environne
Son front d'une simple couronne,
De la couronne des amours !

———————

Sixième Amélienne

L'EXTASE. *(suite)*

Petits oiseaux, chantez en chœurs
Dans la charmille gracieuse,
J'aime vos accords enchanteurs
Et votre voix mélodieuse;
Chantez : et qu'au bruit de vos chants
Mon aimable amante s'éveille;
Chantez, car vos tendres accents
Sont faits pour charmer son oreille.
Module tes riants accords,
Toi surtout, douce Philomèle,
Oiseau chéri qui sur ces bords
Aimes tant à me parler d'elle !
Chante, et que tes sons amoureux
Aillent réjouir mon amante :
Tu le sais, son cœur est heureux
Quand elle entend ta voix charmante !

Septième Amélienne

L'EXTASE.   *(suite)*

Oh ! que tes yeux sont doux : que ton regard est tendre !
Que j'aime ta fraîcheur, ton éclat, ta beauté !
Que j'aime ton sourire empreint de volupté !
Et que je suis heureux , lorsque tu fais entendre
    A mon cœur d'amour transporté ,
Le timbre de ta voix dont rien ne saurait rendre
    Et la grâce et la pureté !

      Oh ma Beauté, fais que pour moi
      L'Amour dans ton cœur se révèle :
      Quand on est belle comme toi
      L'on ne doit pas être cruelle.

Quand je te vois rêveuse, écoutant en silence
Les aimables leçons de ce dieu si charmant
Qu'on nous peint sous les traits d'un radieux enfant,
Et qu'on appelle Amour, une douce espérance
    Ranime mon cœur languissant,
Et d'un secret plaisir la pure jouissance
    Ravit mon âme en l'égayant !

      O ma Beauté, fais que pour moi
      L'Amour dans ton cœur se révèle!
      Quand on est belle comme toi
      L'on ne doit pas être cruelle.

Si tu savais combien je l'aime et je l'adore
Ton amoureux regard à Vénus emprunté !
Combien mon âme avide en voyant ta beauté
Se livre avec plaisir au feu qui la dévore,
    Ta voix dans mon cœur agité
Ferait naître la paix et l'amour que j'implore
    De toi seule, ô ma Volupté !

      O ma Beauté, fais que pour moi
      L'Amour dans ton cœur se révèle !
      Quand on est belle comme toi
      L'on ne doit pas être cruelle.

Huitième Amélienne

L'ATTENTE.

Quand reviendrons-nous sur la rive,
De nos amours témoin secret
Admirer le brillant reflet
    De l'onde fugitive ?

      O mon amour,
      De ton retour
      Dans ce séjour
      Quand viendra l'heure ?
      Ton tendre amant,
      Toujours constant,
      Inquiet t'attend,
      Inquiet te pleure.

T'en souvient-il, ma douce amie,
Du jour aimable où dans ces lieux
De ton amant, l'œil amoureux
    T'aperçut endormie ?

      O mon amour,
      De ton retour
      Dans ce séjour
      Quand viendra l'heure ?
      Ton tendre amant,
      Toujours constant,
      Inquiet t'attend,
      Inquiet te pleure.

Des fleurs, ornaient ta chevelure,
Des fleurs ton sein était paré,
Des fleurs, ô mon ange adoré,
    Brillaient à ta ceinture.

      O mon amour,
      De ton retour
      Dans ce séjour
      Quand viendra l'heure ?
      Ton tendre amant,
      Toujours constant,
      Inquiet t'attend,
      Inquiet te pleure.

La douce et tendre Philomèle,
Craignant de troubler ton sommeil,
Pour te chanter à ton réveil
        Attendait, ô ma belle !

            O mon amour,
            De ton retour
            Dans ce séjour
            Quand viendra l'heure ?
            Ton tendre amant,
            Toujours constant,
            Inquiet t'attend,
            Inquiet te pleure.

Et moi, voulant te voir heureuse,
Dans tes rêves, dans ton sommeil,
J'attendais aussi ton réveil
        Pour te revoir joyeuse.

            O mon amour,
            De ton retour
            Dans ce séjour
            Quand viendra l'heure ?
            Ton tendre amant,
            Toujours constant,
            Inquiet t'attend,
            Inquiet te pleure.

Mais l'amour à ton cœur vint dire,
Ma présence en ce doux moment,
Je vis alors ton œil charmant
        S'ouvrir et me sourire !

            O mon amour,
            De ton retour
            Dans ce séjour
            Quand viendra l'heure ?
            Ton tendre amant,
            Toujours constant,
            Inquiet t'attend,
            Inquiet te pleure !

Neuvième Amélienne

RÊVERIE.

Dans ce bosquet, asile solitaire,
Où de l'amour règne la volupté,
Où de Vénus le gracieux mystère
Vient dévoiler au cœur que rien n'altère
De ses trésors l'ineffable beauté ;
Où des clameurs dont bourdonne le monde
L'on n'entend point le bruit lugubre et sourd ;
Où l'œil sourit dans une paix profonde
Au clair ruisseau qui promène son onde
Parmi les fleurs dont est paré son cours ;
Où du gazon la verdure riante
Offre aux amants un siége accoutumé,
Où d'une Vierge et timide et charmante
La tendre voix à l'écho qu'elle enchante
Apprend le nom si doux de l'être aimé !
Dans cet heureux bosquet, sur cette herbe fleurie,
Que ne puis-je venir toujours,
Accompagné de mon amie,
Entretenir ma rêverie
Du seul loisir de nos Amours ?

Dixième Amélienne

RÊVERIE. *(suite)*

Ange de mes rêves,
Ange aux blonds cheveux,
Au ciel tu m'élèves
Lorsque tu soulèves
Mon front soucieux !
O mystérieuse,
Qui la nuit, le jour,
Pour moi radieuse
Fais mon âme heureuse
Par tes chants d'amour !

O brillante étoile,
Astre à l'œil charmant
Qui pure et sans voile,
A mes yeux dévoile
Tout le firmament?
Aimable sirène
Qui fais mon bonheur,
Belle souveraine
Qui vers toi m'entraîne
Par un mot du cœur?
Ame que parfume
Le regard du ciel;
Cœur serein où fume
L'Encens qui s'allume
Au feu de l'autel!
Rien ne saurait dire
Ta sainte douceur,
Cœur chaste où se mire
De Dieu le sourire,
Trésor de bonhenr!
Rien ne saurait rendre
Tes sons précieux,
Voix suave et tendre
Qui me fais entendre
Les concerts des cieux!

Onzième Amélienne

RÊVERIE.   *(suite)*

Du rossignol la mélodie
N'a point de plus touchants accords,
Que ta voix, ô mon Amélie,
Se livrant à ses doux transports!
Chante, chante notre amour tendre,
O ma Beauté, chante-le bien
Chante : je me plais à t'entendre,
Il est si beau ton chant divin.

Lorsque ta voix à mes oreilles
Vient retentir, je crois rêver,
Et dans un monde de merveilles
Soudain je me sens enlever.

Chante, chante notre amour tendre,
O ma beauté, chante-le bien,
Chante : je me plais à t'entendre,
Il est si beau ton chant divin !

J'y vois des fleurs dont la corolle
Renferme l'amour dans son sein,
J'y vois le gracieux symbole
De tout plaisir pur et serein.
    Chante, chante, etc.

J'y vois une nymphe rêveuse
Promenant ses doigts enchanteurs
Sur la lyre mélodieuse
Qu'Amour fait vibrer dans les cœurs.
    Chante, chante, etc.

J'y vois des sylphides ailées,
Qui dans leurs ébats amoureux
Se font des ceintures dorées
Des tresses de leurs blonds cheveux.
    Chante, chante, etc.

Leur pied léger effleure à peine,
L'air qu'elles fendent en courant,
Et de leur taille aérienne
J'aperçois le contour flottant.
    Chante, chante, etc.

Des parfums odorants s'exalent,
Des ruisseaux font mille détours,
Et des myrtes joyeux étalent
Leur feuillage cher aux amours.
    Chante, chante, etc.

Mes yeux plongent dans ces délices,
Et pour couronner mon bonheur,
Dans ce monde aux mille caprices
Rayonne l'objet de mon cœur.
    Chante, chante, etc.

Oui, la nymphe dont le doigt vole
Sur la lyre aux accords touchants,
Et la sylphide qui s'envole,
Sont la Beauté qu'aiment mes chants !
Chante, chante notre amour tendre,
O ma Beauté, chante-le bien
Chante, je me plais à t'entendre,
Il est si beau ton chant divin !

Douzième Amélienne

RÊVERIE. *(suite)*

J'aime à l'heure où l'aube fidèle
Annonce le lever du jour,
Le chant si doux de Philomèle,
Lorsque tout se tait autour d'elle,
Préludant à son pur amour.
Je suis heureux, quand de l'entendre
S'offre le plaisir enchanteur :
Cet accord si parfait, si tendre,
Qu'aucune voix ne saurait rendre
Répand le calme dans mon cœur.

Je crois renaître dans un monde
Où tout est frais, limpide et pur,
Où l'âme en une paix profonde,
Sourit au bonheur qui l'inonde
Comme l'étoile aux cieux d'azur !
Qu'il est gracieux ton langage,
Oiseau chéri, né du printemps :
Les fleurs naissent à ton ramage,
Car la nature en fait hommage
A tes harmonieux accents !

Treizième Amélienne

REGRETS.

Ah ! qu'elle est heureuse l'enfance
Avec ses rêves frais et doux ,
Avec sa timide innocence,
Et sa gaîté qui rend jaloux !

Age pur où tout n'est que joie,
Amour, harmonie et bonheur :
Age pur où l'âme se noie
Dans les chastes plaisirs du cœur !

Oh ! que ne dure-t-il encore,
Ce printemps aimé de mes jours !
Pourquoi faut-il que son aurore
Ait hélas ! terminé son cours ?

Pourquoi faut-il que la veillesse,
Froide et pesante ait envahi
Ce champ d'amour que ma jeunesse
Avait hélas ! seule embelli ?

Telle est hélas ! telle est la vie :
Fraîche et radieuse au matin,
Elle est riante, épanouie
Comme l'aube d'un jour serein !

Mais le soir un épais nuage
Voile ses attraits enchanteurs,
Et le vent glacé de l'orage
En flétrit les plus belles fleurs !

Quatorzième Amélienne

LE ROSIER.

Oui, je l'ai planté ce matin
Le beau rosier de mon amante :
Il fleurira, j'en suis certain,
Car sa tige reconnaissante
Voudra de fleurs, remplir la main.
   De mon amante,
Rosier chéri, rosier d'amour,
Orne pour nous ce doux séjour !

Il grandit déjà sous nos yeux,
C'est notre amour, Beauté divine,
Qui féconde le sol heureux
Où notre arbuste prend racine,
Au Ciel pour lui faisons des vœux.
   Beauté divine,
Rosier chéri, rosier d'amour,
Orne pour nous ce doux séjour !

Les fleurs pareront ta beauté,
Tu brilleras au milieu d'elles,
Comme brille l'astre argenté
Au milieu de ses sœurs fidèles,
Quand il promène sa clarté.
   Au milieu d'elles,
Rosier chéri, rosier d'amour,
Orne pour nous ce doux séjour !

Quinzième Amélienne

ADIEU.

En m'éloignant de ces lieux où mon âme
A tant de fois respiré ton amour,
Je sens mon cœur, ô belle et jeune femme,
Au moment du départ, désirer le retour !

    Pourquoi nous fuir, plaisir si doux ?
    Pour toujours vous envolez-vous ?

Que mon bonheur était digne d'envie,
Quand près de toi, seul je venais m'asseoir !
Quand je comptais les heures de ma vie
Par les instants si doux où je pouvais te voir !

    Pourquoi nous fuir, etc.

Te voir, ô toi qui me faisais entendre
Des mots divins que pour moi tu rêvais :
Te voir, Philis, et dire à ton cœur tendre
Les sentiments d'amour que pour toi j'éprouvais !

    Pourquoi nous fuir, etc.

Reviendrez-vous, heures si fortunées,
Chastes transports, et saints enivrements ?
Reviendrez-vous par l'amour couronnées,
Divines voluptés, que goûtaient deux amants ?

    Pourquoi nous fuir, plaisirs si doux ?
    Pour toujours vous envolez-vous ?

Seizième Amélienne

L'INQUIÉTUDE.

O ma Beauté, mon seul espoir,
Quelle est la cause de tes larmes ?
Dis-le moi : je veux le savoir,
A la source du désespoir
Pour ternir ainsi tes charmes ?

Quand tout sourit à nos amours,
Quand pour nous la nature entière
Se pare de tous ses atours,
Et se plaît à rendre à nos jours
Du bonheur, la douce lumière.

Pourquoi dans le sombre tourment,
D'une douleur vague et confuse
Soupires-tu si tristement,
Et donnes-tu si durement
Tant de déplaisir à ma muse ?

Pourquoi nourris-tu dans ton sein
Le sujet amer de tes craintes ?
Et pleine d'un cruel dédain
As-tu pris le fatal dessein
De me cacher toutes tes plaintes ?

Peux-tu penser que ton amant,
Sans pitié pourrait voir tes larmes ?
Peux-tu le croire indifférent,
Lui qui donnerait tout son sang
Pour la moindre de tes alarmes !

Te plaindrais-tu, perle des cieux,
Que j'ai peu de sollicitude
Pour notre amour si précieux ?
Moi qu'un seul regard de tes yeux
Plonge dans la béatitude !

Regretterais-tu ce moment
Si doux à mon âme ravie,
Où de t'aimer, je fis serment,
Où de me chérir tendrement
Tu juras, toi ma seule vie !

Oh ! si tes pleurs devaient tarir,
En brisant l'amoureuse chaîne
Qui te lie à mon avenir,
Loin de te donner ce plaisir,
Je voudrais voir durer ta peine !

———————

Dix-septième Amélienne

L'EXPLICATION.

Je le sais maintenant le secret de tes larmes :
On voulait te ravir à mon ardent amour,
On voulait effacer la trace de tes charmes
Dans ce cœur pour toi seule enflammé sans retour !

Oh ! qu'il était cruel, oh ! qu'il était barbare
Celui qui froidement, se jouait de mon sort,
Qui, d'un bien dont je suis si noblement avare,
Voulait me séparer, et me donner la mort !

Mais tu n'écoutas point l'injuste violence,
Tu préféras souffrir un opprobe cruel
Que laisser ton amant en proie à la souffrance,
Ange de pureté, tu lui rouvris le ciel !

Oh ! si je connaissais celui dont l'imposture
A bassement détruit le calme de ton cœur,
Dans son sang abhorré je laverais l'injure
Qu'il a faite à ton nom, si cher à mon bonheur !

Dix-huitième Amélienne

LES SOUVENIRS D'ENFANCE.

Je t'aimais, ô ma tendre mère,
Quand l'amour était loin de moi;
Et mon cœur toujours en prière,
Ne formait des vœux que pour toi !

Et vous veniez alors, Anges de l'innocence,
Bercer mon doux sommeil des rêves de l'enfance !

J'aimais à voir ton beau visage
Tout rayonnant de charité,
Et dont jamais aucun image
N'altéra la sérénité !

Et vous veniez, etc.

J'aimais à lire dans ton âme,
Lac d'amour et de pureté,
Dont aucun limon, sainte femme,
Ne souilla la limpidité !

Et vous veniez, etc.

Que j'étais heureux le dimanche,
Avec toi d'aller au saint lieu
Et vêtu d'une robe blanche,
De verser l'encens devant Dieu !

Et vous veniez, etc.

Avec quelle joie attendrie,
J'écoutais les hymnes divins,
Quand ta voix, ô mère chérie,
Se mêlait à celle des saints !

Oh ! vous veniez, etc.

Oh ! comme j'aimais à l'entendre
En présence du saint autel,
De cette voix, l'accent si tendre
Qui me faisait rêver le ciel !

Oui vous veniez, etc.

Mon cœur n'avait qu'une pensée,
Te plaire, t'aimer tour à tour,
Dans mes bras te tenir pressée,
Ne vivre que de ton amour !

Et vous veniez, etc.

Et puis quel plaisir sous l'ombrage,
A l'approche du doux printemps,
D'écouter le divin ramage
Des oiseaux, près de nous chantant.

Oh ! vous veniez, etc.

Tu me disais que l'harmonie
De leurs accords délicieux,
N'était qu'une note bénie
D'un concert en l'honneur des cieux !

Et vous veniez, etc.

Tu me disais que la nature
Toute entière se répandait
En hymnes purs dont le murmure
Aux pieds du Seigneur s'élevait !

Et vous veniez, etc.

Tu me disais que rien au monde
N'est étranger à l'Eternel,
Et que le ciel, la terre et l'onde,
Marchent sous son œil paternel !

Et vous veniez, etc.

Que rien n'est doux comme de vivre
Sous un maître si grand, si bon,
Et que notre cœur est un livre
Dont chaque page dit son nom !

Et vous veniez, etc.

Et tout heureux de tes paroles,
Dans une pieuse ferveur
J'adorais ces divins symboles
De la puissance du Seigneur.

Et vous veniez, etc.

Mais hélas ! de mon innocence,
Un nuage ternit les fleurs,
Aux jours de mon adolescence :
De l'amour je connus l'ardeur !

Et vous ne vîntes plus, etc.

Non de cet amour tout céleste
Que j'éprouvais sur tes genoux,
Quand je lisais, femme modeste,
Le bonheur dans tes yeux si doux.

Oh ! vous veniez alors, etc.

Mais de cet amour, qui dans l'âme
Fait bouillonner les sentiments,
Qui les attise, les enflamme
Et les change en embrasements !

Et vous ne vîntes plus, etc.

Depuis ce jour, ô tendre Mère,
Tu n'es plus seule aimée en moi,
Car d'autres objets sur la terre
Prennent leur part de la prière
Que j'adressais au ciel pour toi !

Et vous ne venez plus, Anges de l'innocence,
Bercer mon doux sommeil, des rêves de l'enfance !

Dix-neuvième Amélienne

TRISTESSE.

Oui , la coupe où l'on boit l'amour est bien amère !
Que de regrets hélas ! que de tourments affreux,
    Que de larmes, que de misère
Dans les cœurs que l'amour embrasa de ses feux.

Tantôt la jalousie , avide et soucieuse,
Mord ses freins avec rage et maudit la beauté ;
    Et dans sa rage ténébreuse
Eprouve, en se vengeant, une âcre volupté.

Tantôt, par des parents cruels et que dévore
L'ardente soif de l'or dans ce siècle de fer,
    Soustrait à celle qu'il adore,
Au milieu de ses biens, l'amant trouve un enfer !

Ici d'une beauté les rigueurs inhumaines
Portent le désespoir dans un cœur malheureux,
    Mais qui, loin de rompre ses chaînes,
Eprouve en les rivant un plaisir douloureux !

Là, c'est la jeune épouse à seize ans destinée
Aux tortures sans fin, d'un hymen sans attraits :
    Pauvre fleur, sitôt condamnée
Au veuvage du cœur, source des noirs regrets !

Mais pourquoi jusqu'au bout, lire la sombre page
De ces tristes soucis, par l'amour enfantés ?
Ah ! mettons-nous plutôt à l'abri des orages
Qu'il fait gronder hélas ! dans nos cœurs dévastés !

Vingtième Amélienne

AU ZÉPHYR.

Zéphyr, dissipe ces nuages
Qui voilent le ciel à nos yeux
Et montre nous ces paysages
Dont la main du sage des sages
Orna le pavillon des cieux !

    Zéphyr, de ton aile rapide
    Fends la sombre voûte des airs :
    Et que de ton souffle candide
    Le rossignol toujours avide,
    Module ses riants concerts !

C'est quand ta tiède haleine, avec amour soupire,
Quand ton souffle si doux, mollement nous attire,
Que la gaîté renaît dans nos cœurs attristés,
Et que notre âme en paix, chante ses voluptés.

    O toi, messager favorable
    Des mortels qu'amour a soumis,
    Qui conduis le char adorable,
    Où brille la déesse aimable,
    Des Amours, des Jeux et des Ris !

    Toi, que la douce Philomèle,
    Dans nos jardins, dans nos bosquets,
    Célèbre de ton chant fidèle,
    Fléchis une beauté rebelle,
    Et surprends pour moi ses secrets !

O sylphe harmonieux, qui parfumes l'espace,
Chantre cher à Vénus, dis-nous ce qui se passe
Dans les airs embaumés de ton souffle si pur,
Toi qui voles au moins dans les plaines d'azur.

    Chaste amant des fleurs odorantes,
    Nous aimons ton souffle amoureux
    Qui de voluptés enivrantes,
    Fait rêver le cœur des amantes,
    Et le rend docile à nos vœux !

    Porte à celle que je réclame
    Le tendre écho de mes soupirs,
    Et que, sur ton aile de flamme
    Vers elle s'envole mon âme,
    Qui brûle de tant de désirs !

Du langage d'amour, gracieux interprète,
Va, surprends ma beauté dans ta douce retraite;
De sa fidélité, sois moi le garant,
Et de nos doux plaisirs, l'intime confident !

Vingt-unième Amélienne

LE SENTIMENT.

Toi dont la voix si pure
A pénétré mon cœur,
Céleste créature
Aux yeux pleins de candeur;
Enivrante sirène
Dont le doux chant m'entraîne,
Souffre que de mes vers,
La faible mélodie
Se mêle à l'harmonie
De tes divins concerts.
Oh ! souffre que je chante,
Ma céleste beauté,
Ton âme transparente
Où se peint la bonté :
Oh ! laisse-moi te dire
Tout l'amour que m'inspire
Et ton être enchanteur,
Et de ton cœur aimable
La grâce inépuisable
Et la sainte douceur !

Lorsque ton chant divin, résonne à mon oreille,
Quand tes tendres accents viennent peindre à mon cœur
Le pur enchantement d'un amour qui s'éveille,
Qui ne connaît hélas ! ni peine, ni douleur,
Je crois entendre alors la foule aérienne
De ces esprits ailés qui volent dans les cieux,
Chantant sur leur lyre lointaine
L'harmonieux élan de leurs transports joyeux.
Et quand ta voix triste et rêveuse
Soupire sur ton luth, des chants empreints de deuil,
Quand tu peins à mes yeux l'amante douloureuse
Pleurant son bien-aimé caché dans le cercueil !

. . . .

Mon cœur alors se ferme aux divines clartés :
Il croit entendre, au loin dans les ténèbres,
Sangloter les âmes funèbres
De tous ceux qui se sont aimés !

. . . .

Mais tout-à-coup la chansonnette,
Prend son essor, et sur ton luth si beau,
Vient se percher comme un oiseau
Avec la joyeuse ariette;
Et quand paraît la gaîté qui les suit,
Ma douleur aussitôt s'enfuit !
Ainsi toujours bercé par ton chant doux et tendre,
Je me plais à t'aimer, je me plais à t'entendre,
Tu remplis mes jours et mes nuits !
Le matin, quand l'aurore annonce la lumière,
Pour toi vers l'Eternel s'élève ma prière,
Avec ton nom que je bénis !
Quand l'Astre-Roi, répand sa chaleur bienfaisante,
Quand il dore des monts, la cîme étincelante,
Je ne pense qu'à nos amours :
Quand la blonde Phœbé, commence sa carrière,
Ce qu'admirent mes yeux dans la nature entière
C'est toi, toujours toi, toi toujours !
Oui, soit que j'erre seul , à la clarté touchante
De cet astre mystérieux,
Dans un bosquet silencieux,
Où j'écoute le bruit de la brise odorante
Se mêler aux soupirs, dont mon cœur est heureux ;
Soit que, sur ma couche brûlante,
Je berce mollement mon âme palpitante,
De songes embaumés qui se font à nos yeux
Une divinité charmante,
Amélie, oh ! c'est toujours toi
De qui le nom s'élève en moi !
Laisse-moi donc t'aimer, ô ma beauté suprême,
Comme l'abeille aime la fleur :
Oh ! laisse-moi surtout te dire que je t'aime,
Qu'à toi seule appartient mon cœur !

Vingt-deuzième Amélienne

DOULEUR ET CONSOLATION.

O ma Beauté, je t'aime et je t'adore
Malgré les obstacles nombreux
Qu'a jeté contre nous, la main des envieux
Pour arrêter notre amour près d'éclore :
Mais ne crains point, ô perle de l'aurore,
Notre amour fleurira , brillant et radieux !

En vain la calomnie affreuse
Elève autour de moi sa voix pleine de fiel,
Et d'une absinthe vénéneuse,
Tente d'empoisonner ton miel.
En vain, ô ma Beauté, ta pudeur est flétrie,
Ta pudeur, ce trésor qui vaut tous les trésors,
Au souffle impur de la hideuse envie,
Je veux, je veux sans cesse, épuiser jusqu'aux bords
La Coupe où mon amour, boit à longs traits la vie,
Et si nos paroles ne peuvent
Exprimer cet amour où nos deux cœurs s'abreuvent;
Si, l'oreille attentive et l'œil sombre et hagard,
L'Imposteur nous poursuit, nous, touchant assemblage
D'amour et de malheur, alors pour tout langage,
Il nous suffira d'un regard.
Et si de la distance on emprunte les armes,
Si, malgré nos amères larmes,
On nous sépare : au souffle des zéphyrs,
Confiant nos douces paroles,
De notre amour chastes symboles,
Nous nous enverrons nos soupirs !

Vingt-troisième Amélienne

LA SÉPARATION.

La pauvre enfant, comme elle était heureuse,
Lorsque sa main, en cueillant une fleur
Pressait ma main, d'une étreinte amoureuse,
Et tout-à-coup, la portait sur son cœur !
Quels doux parfums s'exhalaient de son âme,
Quand toute entière elle se répandait
En flots d'amour, de cet amour de femme,
Dont l'ange seul possède le secret !
Dans ses beaux yeux, dont l'éclat me consume,
Quel long regard plein de sérénité :
Quel feu brûlant, qui dans le cœur allume,
Tout un foyer d'ardente volupté !
Comme j'aimais sur sa bouche naïve
A voir errer un sourire charmant,
A recueillir d'une oreille attentive,
De son amour, ce gracieux serment.

« Je t'aimerais toujours comme je t'aime :
Car pour toi seul mon cœur connut l'amour,
Et désormais ce cœur plein de toi-même
« Ne peut à toi qu'être uni sans retour. »
    Mais hélas ! ô mon Amélie,
Pendant que tu parlais, de sinistres accents
    Se mêlaient à ta voix chérie,
Et hâtaient du départ les rapides instants !

. . . .

On l'a conduite ainsi loin du rivage,
Témoin de nos amours et de nos doux serments,
Elle vogue aujourd'hui vers une triste plage
Où l'ennui d'une dent meurtrière et sauvage,
    Rongera son cœur de vingt ans !

Vingt-quatrième Amélienne

SON NOM.

Est-il un plus doux nom que celui d'Amélie,
    Un nom qui, dans le cœur charmé
Avec plus de suave et pure mélodie,
    Résonne pour un être aimé ?

Est-il une beauté parmi nos jeunes filles,
    A qui ce nom convienne mieux
Qu'à toi, reine d'amour, toi, qui parmi nous brilles
    Comme un astre mystérieux !

Quand ma bouche redit ce nom mélancolique,
    Et que je l'écris de ma main,
Mon âme se réveille à sa douce musique,
    Bénissant son heureux destin !

A ce nom, je crois voir la foule si touchante,
    Des amours tendres et constants,
Apparaître à mes yeux que ce spectacle enchante,
    Et de joie enivrer mes sens.

Cette fidélité, sûr garant de ta flamme,
    Et ces transports, pleins d'abandon,
Et la chaste réserve où se complaît ton âme,
    Tout est pour moi dans ce beau nom.

4

Rien n'égale à mes yeux sa charmante merveille;
Aucun accord harmonieux,
Aucun son, aucun chant ne bercent mon oreille,
Comme ce nom délicieux !

Il a, comme le miel que l'abeille recueille,
Un parfum d'agréable odeur,
Et d'une volupté douce et pure il effeuille
Les roses dans mon triste cœur !

Vingt-cinquième Amélienne

POÉSIE.

Quand le matin fraîche et riante
Elle accourait, j'étais heureux :
J'étais fier devant mon amante
Dont la beauté douce et touchante
Offrait splendidement ses charmes à mes yeux !
Elle brillait parmi la foule
Comme le soleil dans son cours,
Quand pompeusement se déroule.
Son disque enflammé d'où s'écoule
Le torrent de clarté qui sillonne les jours !
Que son regard était céleste,
Qu'il était doux, qu'il était pur :
Avec quelle fierté modeste
Ce regard à mon cœur funeste
S'échappait mollement de ses beaux yeux d'azur !
Les grâces sur son frais visage
Avaient répandu leurs trésors :
Vénus en lui rendant hommage
Voyait en elle son image,
Tant les divines sœurs avaient paré son corps !
Le vif incarnat de la rose
Au sein du lys se mariait ?
Pouvait-on voir plus belle chose
Que cette bouche demi-close,
Que ces perles d'argent où l'amour souriait !
Dans quel agréable délire
La douce voix jetait mon cœur :
Je croyais entendre une lyre
Où l'amour tendrement soupire
Les sons mélodieux d'un langage enchanteur !

De cette voix à mon oreille
Vibrait l'accent délicieux,
Comme un chant d'oiseau qui s'éveille,
Comme la note non pareille
Que module au printemps le cygne harmonieux !
Dans ses lignes que de finesse
Que de poli dans ses contours !
Dans ses formes quelle richesse,
Quelle merveilleuse souplesse !
Le moëlleux de sa peau surpassait le velours !
Qu'elle était belle et radieuse
Quand sur son beau sein à l'écart,
Je posais ma lèvre amoureuse :
Mes baisers la rendaient heureuse,
La flamme du désir brûlait dans son regard !
Elle aimait ces heures charmantes,
Heures de douce intimité,
Où dans des étreintes brûlantes
Nos âmes d'amour palpitantes
Dans les coupes de feu buvaient la volupté !
Elle aimait cette extase sainte,
Ces recueillements dorés,
Ces délices d'une âme empreinte
De l'amour dont elle est atteinte,
Et qui, de son bonheur voit les sens enivrés !
Elle aimait, la belle coquette,
Attirant les regards jaloux
A séduire par sa toilette
Lorsque l'Eglise aux jours de fête,
Appelait les chrétiens au pieux rendez-vous.
Elle aimait la walse entraînante
Aux molles ondulations,
Et la polka, danse enivrante,
Et la scotisch éblouissante,
Aux lascives inflexions.
Quelquefois pensive et rêveuse,
Le plus souvent toute au plaisir,
Elle berçait ma vie heureuse
Dans cette ardeur voluptueuse
Qu'auprès de la beauté, fait naître le désir !

L'Amour méprisé

POÉME.   *(Fragment)*

Quel bonheur, ô beauté, pour celui qui t'adore,
D'obtenir de ta bouche un sourire enchanteur,
Et de le voir briller comme le météore
Qui luit au fond des cieux bien avant que l'aurore
Ait au foyer divin emprunté sa lueur !
Il se jouerait longtemps ce gracieux sourire
Sur tes lèvres de perle et sur ton front brillant,
          Sur ton sein où Vénus soupire,
Où les grâces déjà jettent de leur empire
          L'inébranlable fondement !
Longtemps il se jouerait dans tes cheveux d'ébène,
Qu'agite mollement le zéphyr le plus pur :
Longtemps il brillerait dans tes beaux yeux d'azur,
Comme brille Vénus par une nuit sereine.
Mais hélas ! ce sourire aimable et parfumé
Qui de mon cœur brûlant appaiserait la flamme,
Ce sourire si doux, qui dans mon cœur charmé
Répandrait le bonheur et le repos de l'âme,
Je ne puis l'obtenir de toi, de ton amour :
Tu détournes les yeux, quand près de moi tu passes,
Tu dédaignes l'ami qui marche sur tes traces
Depuis que l'aube a lui, jusqu'au coucher du jour !

          Pourtant si tu savais, mon ange,
          L'ardeur dont je brûle pour toi :
          Si tu savais l'amour étrange
          Que j'éprouve quand je te vois !
          C'est un volcan qui me consume :
          Sa lave déchire mon cœur,
          Je voudrais l'éteindre et j'allume
          Plus violemment ce feu rongeur !
          Oh ! pitié, pitié, ma colombe,
          J'implore un regard de tes yeux,
          Pitié ! vois s'entrouvrir ma tombe,
          Si tu méprises mes aveux !

Non, tu ne connais pas cet infernal délire,
Ce tumulte effrayant, ces poignantes horreurs,
Dont le cortége affreux incessamment conspire
Contre les cœurs aimants, haïs par d'autres cœurs !

Quoi ! tu me haïrais, toi que toute mon âme
Par ses cris, par ses vœux incessamment réclame ;
Toi dont le doux aspect jette en mon cœur ému,
L'espérance parfois, pauvre fleur qu'il caresse
Comme un gage béni d'amour et de tendresse !
Non, tu ne me haïs pas... mais pourquoi me fuis-tu ?
Toujours me fuir ! toujours éviter ma rencontre !
      Toujours dérober à mes yeux
Ta céleste beauté qu'un vain rêve me montre,
Et les divins attraits dont l'ornèrent les cieux !
Ne pourrai-je jamais t'émouvoir et te dire
L'ardent, le saint amour que ta beauté m'inspire ?
      Ne pourras-tu jamais m'aimer ?
Me faudra-t-il hélas ! renoncer à ma flamme,
Moi qui voyais en toi l'image de la femme,
      Dont mon cœur ne peut se priver !

. . . .
. . . .
. . . .

Phœbus s'était déjà précipité dans l'onde,
Ses rayons bienfaisants n'éclairaient plus le monde,
      Le jour faisait place à la nuit :
Debout sur un rocher dont l'orgueilleuse cime
      Dominait un profond abîme,
      Un homme paraît et sourit.
      Mais son sourire était sinistre,
Et son œil flamboyait, comme l'œil d'un démon,
      Et de Satan il semblait le ministre,
      Etait-ce un fantôme ? non, non !
      Ah ! ce n'était pas un fantôme
      Dont le prince du noir royaume,
      Faisait son affreux messager...
      Ce malheureux, c'était un homme,
      Mais qui n'avait rien pour aimer !

———

Pièces fugitives

MADRIGAL.

Un jour Vénus quitta Cythère
Et vint habiter à Paris :
Les Grâces, les Jeux et les Ris
Voltigeaient autour de leur mère.
Jamais cortége plus flatteur
N'entra dans notre capitale :
Aussi, cette beauté fatale
De ses traits, blessa plus d'un cœur.
Tous les galants, toutes les belles,
Auprès d'elle allaient chaque jour :
Les uns briguaient les faveurs de l'amour,
Les autres en voulaient et la grâce et les ailes.
Mais on ne vit point chez Vénus
La beauté que mon cœur adore,
Car, puisqu'elle est plus belle encore,
Qu'aurait-elle imploré de plus ?

———

O ma Philis, d'un pur et tendre amour,
Depuis longtemps je vous offre l'hommage,
Que me donnez-vous pour gage,
Et que recevrai-je en retour ?

———

Votre fidèle et tendre amant
Par ce triste billet, ô Philis, vous annonce
Qu'il est en proie au plus affreux tourment :
Obtiendra-t-il une réponse ?

———

QUESTION.

Rhythme imité par Frédéric SOULIÉ, dans les cadavres.

As-tu vu dans son lit moëlleux
La jeune fille aux blonds cheveux,
Ouvrant et refermant les yeux
Quand du pâle éclat de l'aurore
Tout dans sa chambre se colore,
Surtout l'image qu'elle adore,
Qu'elle bénit dans son bonheur,
Et dont le sourire enchanteur
Enflamme d'une sainte ardeur
Son cœur ?

As-tu vu de cette amoureuse,
La bouche entr'ouverte et rêveuse,
Tantôt triste et tantôt joyeuse
Redire à l'écho du matin,
L'amour qu'elle réchauffe et couve dans son sein ?

SUR UN VOYAGE A L...,

Que le mauvais temps retardait.

Au Dieu des vents dans ma détresse,
J'adressais hier un appel :
Fais, disais-je par ta sagesse,
Qu'un voyage qui m'intéresse
Obtienne un sourire du Ciel !

Aux autans impose silence,
Etouffe leurs tristes clameurs :
Des nuages qui « triste chance ! »
Crèvent partout en abondance,
Dissipe les noires vapeurs.

Sois-nous propice, grand Eole :
Toi qui, dans ta puissante main,
Tiens l'ouragan qui nous désole
Et le zéphyr qui nous console,
Au dernier daigne ouvrir enfin.

Assez de pluie, assez d'orages !
Donne au temps un heureux réveil :
Donne-nous de beaux paysages,
En échange de tes nuages,
La nature a soif de soleil !

Hélas ! inutile prière :
A ma voix Eole fut sourd :
Et ce matin, ô sort contraire !
L'inconstance de l'atmosphère
Paraît être à l'ordre du jour !

Force est donc d'ajourner encore
Un voyage qui nous sourit
Quand d'un beau jour la fraîche aurore,
A nos yeux voudra bien éclore,
Nous mettrons ce jour à profit.

MADRIGAL.

Tout dans cette vie,
Hélas ! est folie :
L'amour
Est dans la nature
Le seul bien qui dure
Un jour !

ÉPIGRAMMES.

1•

Un auteur (Grec) fameux par sa bêtise
Chez son libraire advint un certain jour,
Mon ouvrage sur la sottise
A-t-il chez toi fait un bien long séjour ?
Votre ouvrage, dit le libraire,
Est resté dans mon magasin,
Cinq ans, sans qu'aucun exemplaire
Soit passé dans une autre main.
Hier pourtant, un marchand de fromage
Entra chez moi, disant : n'auriez vous pas
Dans vos rayons quelque mauvais ouvrage
Qui fût pour vous un embarras ?
Charmé de ce propos, je lui donnai le vôtre,
Vu que je n'en trouvai pas d'autre
Aussi propre que celui-là
A remplir cet usage-là.
L'auteur se retira confus,
En jurant qu'il n'écrirait plus.

. . . .

De nos jours on voit pire affaire :
Du livre qu'on voudrait lire en vain en entier,
De l'imprimeur vole chez l'epicier,
Sans prendre pied chez le libraire !

2•

Serait-il vrai ? de B..... Aliboron
Tu te rapprocherais, profane ?
Oh ! le vilain caméléon,
Vraiment, tu mérites la canne.
Quoi ! nous allons voir le démon
Rebaiser la mule de l'âne.

Ne crains-tu pas qu'en souvenir
De ta grossière et noire injure,
Un coup de pied n'aille salir
Ta vilaine et laide figure;
Si toutefois c'est la salir
Que d'y verser en plein l'ordure !

3°

(Sur un apothicaire qui a la manie de rimer).

O toi, plat esprit des céans,
Barbouilleur de rimes banales,
Pédant entre tous les pédants,
Dont les allures triviales
Révoltent tout homme de sens,
A tes drogues pharmaceutiques
Veuille revenir désormais,
Bien qu'hélas ! dans leurs intérêts
Il valut mieux pour tes pratiques
N'en connaître jamais l'effet.
Mais il vaut mieux pour nous encore,
Bénévolement t'octroyer
Nos rhumes et notre pléthore,
Qu'à tes vers payer un loyer.
Car ta vermine déshonore.
Oh ! si contre ces accidents
De ta verve si peu virile,
Il est des remèdes puissants,
Prends-en un, plutôt prends en mille !
Oui, si par un secours divin,
Contre ce démon qui te gruge
Tes drogues sont le seul refuge
Ouvert à ton cerveau malsain,
Toi qui les as tous sous la main,
Par pitié, prends un vermifuge !

4°

Dans le journal de l'Aube, l'autre jour,
Avez-vous lu l'article mercenaire
Qu'un plat valet, un misérable hère
Sur un festin a fait avec amour ?
Type achevé du parfait parasite,
Vil moucheron qui rode autour des plats,
Ce gélasime obscur et sans mérite,
Rustre-gourmand, flatteur rompant en bas,

Aux mets sans nombre admis à ce repas,
A tour-à-tour fait sa chaude visite.
Tout dégoûtant encore de sa lippée
D'un beau dessert, il trace le tableau :
Punch enflammé, glaces, sorbets, gâteaux,
Tout prend couleur sous sa plume affamée,
Et ce mangeur est alors vraiment beau !
Comme il décrit avec feu le bien-être,
La volupté de ses sens assouvis :
Avec quel art il prodigue, le traître !
Les compliments à ses hôtes chéris !
Si de son temps il l'avait pu connaître;
Plaute l'aurait, dans ses doctes écrits,
Des plats-gourmands à coup-sûr nommé maître !

Et savez-vous , comme couronnement
A ce tableau, qu'elle est l'initiale,
Du nom fameux de ce muffle friand ?
C'est la lettre O.... qui n'a point son égale
Pour exprimer le glouton mouvement
D'une mâchoire ouverte avidement
Pour engloutir tout ce que l'on avale !

50

(A une dame dont l'orgueil égalait la sottise).

Serait-ce vrai ? d'un titre faux et vain
Vous chercheriez à parer vos sottises ?
Vous noble, vous Madame, ah ! quelle main
Pourrait tracer, acceptant vos méprises,
Votre nom seul, sans le biffer soudain ?
Avouez-le, ce sont pures bêtises
Que vos discours sont tous vos attributs :
Rien n'est vilain comme faire parade
De qualités, de titres, de vertus
Que l'on n'a pas, et c'est pure bravade !
Veuillez me croire : avec tous vos grands airs,
Tous vos mépris, toute votre insolence,
Votre noblesse hélas ! va de travers,
Et ferait bien de garder le silence.
Si par malheur, quelqu'un l'interrogeait
Sur sa nature et son origine,
Que dirait-elle, hélas ! et quelle mine
Triste et piteuse alors elle ferait !

Comme d'ailleurs en vous tout mentirait !
Votre embonpoint de paysanne aigre-fine,
Qui fait de vous parfaite vache à lait,
Vos lourds atours, la sotte suffisance
De votre lade et coquette ignorance,
De vos discours, la plate vanité,
Et de vos tons la ridiculité !
Ah ! croyez-moi, quand on veut, au village,
Passer pour noble, il faut en avoir l'air :
Vous êtes loin de l'avoir en partage
Cette faveur : il peut vous coûter cher,
De vous donner un si sot apanage :
Le ridicule est là qui vous poursuit :
Car au village, il est des gens d'esprit :
Si vous voulez ne voir que vos pareilles,
Vous ne verrez personne, on vous le dit,
Car vous avez de fort longues oreilles
Pour votre lot, et ce serait merveilles
Que d'en trouver en un lieu si petit !

6*

SOUVENIR D'ÉCOLE.

Il m'en souvient, Monsieur le précepteur,
Des durs soufflets qu'à tes trop doux élèves
Distribuait sans leur laisser de trèves,
Ta main profane; alors que la fureur,
Fureur aveugle et jalouse, oh ! despote,
Dans les enfants qu'on t'avait confiés
Te faisait voir des esclaves liés
Aux durs anneaux de ta volonté sotte.
Oh ! quand je pense à ta féroce ardeur,
A tes propos grossiers, à tes injures;
Quand mon esprit, plein d'une sainte horreur,
Rappelle en lui les paroles impures ;
Quand je revois tes sauvages méfaits
Se déroulant en une sombre page,
Tout se révolte en moi; de tes forfaits
Le souvenir m'obsède et ton outrage
Jusqu'à mon front fait monter la rougeur !
Oui, je rougis de notre lâche cœur
Qui, loin d'armer notre main vengeresse
D'un fouet piquant à double et triple tresse

Nous invitait à supporter tes coups,
Tout bêtement, à plier les genoux
Devant ta face hypocrite et profane
Qui du démon, tient autant que de l'âne !
Oh ! le passé, s'il pouvait revenir !
Comme on aurait un suave plaisir
A te purger de ta haine cruelle,
Petit Néron, plat roquet de ruelle !

•

———

7°

Quel embonpoint ! n'est-ce pas mon ami ?
Mais vous étiez encore naguère si mince !
Seriez-vous pas en pouvoir de mari ?
La question est belle ! Dieu merci,
Je suis nubile encore, et foi de prince.
Mais que penser alors ? pauvre ignorant,
Vous n'êtes pas à la hauteur du siècle,
Car vous sauriez, pour votre bonne règle,
Que dans la mode, un noble changement
Pour notre honneur vient de prendre racine :
Oui, désormais de tout attouchement
Par ce moyen, notre corps se défend,
(Tant pis pour vous, si cela vous chagrine)
Rien d'indiscret dans notre mouvement :
Nous avons l'air de sylphes s'envolant !
Tout est caché, tout est à la devine ;
Car toute femme ayant du sentiment
Porte aujourd'hui panier gonflant ,
Devant la mode ; il faut que l'on s'incline.
Elle se tut : je repris à ces mots :
Femme de sentiment, d'après l'ancien proverbe,
N'a jamais eu que la peau sur les os :
Un spectacle pareil n'a rien de bien superbe ,
Et ne serait-ce pas pour cacher ces défauts,
(Daignez ne pas me trouver trop acerbe)
Que la nouvelle mode advint fort à propos !

———

8o

Quel changement, Philis, tout à votre avantage !
Hier encore, vos cheveux étaient blancs :
Ils sont noirs aujourd'hui : chez Armide, je gage,
Vous avez fait cette nuit un voyage
Pour avoir part à ses enchantements.
Je veux déposer, je le jure
Un doux baiser sur cette chevelure !.....
De ce transport craignant l'effet soudain ,
« Gardez-vous-en , me dit lors un voisin,
Car c'est l'effet d'une teinture !

————

9o

Un pédagogue, homme fort ignorant,
Comme du reste, est toute cette clique,
Dans un logis, un jour d'un air pédant,
      Interrogeait un domestique :
« Dis-moi, garçon, ce que c'est que Paris »
« C'est un endroit, savante et forte tête,
Dont tous les habitants sont plus que vous instruits,
Et dont pas un n'est aussi bête ! »

————

10o

SUR L'ACADÉMIE (DE PROVINCE) DE C....

Une cité, d'où jadis maint village
Tira, dit-on, sa réputation
De pauvre sot, d'ignorant, de sauvage,
Vient de sortir enfin de l'esclavage
Où si longtemps a dormi sa raison :
Un corps savant et lettré tout ensemble
Vient d'y surgir : et déjà ses travaux
Sont si parfaits, et si grands, et si beaux,
Que de Paris, l'Académie en tremble !
De son esprit rien n'étonne l'ardeur :
(Le mot esprit peut-être est peu flatteur
Pour ce grand corps) : disons donc : leur génie
Explore tout : et l'archéologie,

L'astronomie et la philosophie,
Tout aussi bien que la prose et les vers,
Marchent de front (bien qu'un peu de travers),
C'est là vraiment une encyclopédie.
Et puis voyez un peu jusqu'à quel point
De ce grand corps la prudence va loin :
De temps en temps, à certaine lubie
Sa pauvre tête , (*) à force de penser,
(Il faut, du moins, ainsi le supposer)
Le trouve en proie : or, pour la rendre claire,
Et la tenir en parfait jugement,
Ce noble corps, ce corps si clairvoyant,
De la santé d'une tête si chère,
Préoccupé pour son gouvernement,
S'est, nous dit-on, adjoint fort sagement
Deux médecins, et double apothicaire !

———————

11°

Qui le croirait ? Dans notre pauvre endroit
Où l'on est le même avant que de naître,
Certains esprits voudraient faire paraître
Un grand savoir comme en ayant le droit !
Or, dans ce but, ils se sont mis naguère
A critiquer, proscrire, réfuter
L'expression « inviter d'assister »
Qu'en ses écrits autorise Voltaire,
Et que d'ailleurs toute bonne grammaire.
S'est faite honneur avec lui d'adopter.
Ce n'est pas tout : bravant l'académie,
(Comme Voltaire, elle eut tort d'insérer
« Inviter de » dans sa synonymie
Ils ne sauraient, disent-ils, digérer
Locution si fausse et si barbare,
Que l'on emploie « Inviter à » c'est bien :
Mais l'autre mot.... pas même en être avare....
C'en est donc fait : l'auteur, le grammairien,
L'académie hélas ! que, trop crédules,
Nous écoutions, ne nous servent de rien :
Ce sont des sots et des sots ridicules,
Faut écouter, si l'on veut désormais
Bien s'exprimer, correctement écrire,
Comme il convient en pur et bon français,
Devinez-vous ? ou faut-il vous le dire ?

(*) Son président.

Faut écouter des hommes que jamais
Vous n'auriez cru devoir vous rien prescrire,
Que vous tiendriez pour maladroits laquais,
Qui bêtement du haut ton vont médire.
Vrais Champenois d'esprit et de nom
Cousins germains de maître Aliboron ! ...
Mais, j'oubliais de dire, en finissant,
Qu'un Principal, homme fort ordinaire,
Avait pris fait et cause en cette affaire
Pour ces Messieurs qu'un secours si puissant
Avait enflés d'un orgueil téméraire.
Ce Principal, que faudrait-il en faire ?
Le dégomer d'abord, et, franchement,
Ce serait chose et juste et par trop claire :
A droitement clouer sur son derrière
Cet écriteau : « Principal ignorant »
Puis s'en servir pour démontrer comment
Ce corps fameux qu'on traite de savant,
Et qui si haut, porte sa tête altière
Ne marche pas toujours dans la lumière,
Car dans le choix de ses hommes d'affaire,
Il erre hélas ! parfois bien sottement !

NOTA. — *Cette boutade fut inspirée par la circonstance suivante :*
A propos d'une soirée dansante, l'auteur chargé de faire les convocations,
avait employé ces mots : « Vout êtes invités de vous rendre »…. là dessus
mesquines et agaçantes critiques de la part de quelques puristes de ses amis,
qui ne pouvaient lui pardonner d'avoir ainsi outragé la langue et qui soute-
naient que l'expression « inviter à » seule, était française : l'auteur tout en
convenant qu'elle sonnait mieux à l'oreille, et devait-être plus fréquemment
employée, que l'expression « inviter de » soutint le droit de cité de cette
dernière.

12°

A UN AMI EN LUI ENVOYANT CORNEILLE.

Je remets en tes mains cet auteur précieux
Qui, malgré ses talents et sa haute éloquence,
A bien des fois appesanti mes yeux,
(Je l'avoue humblement) alors que l'espérance
Seule me souriait dans ces funèbres lieux, (*)
Où se fanent les fleurs qui parent l'existence !

(*) Le Collège.

ACROSTICHE SUR LE MOT SUZANNE.

Si tu pouvais m'aimer, ô ma beauté suprême
Une fois en ta vie, oh ! je serais heureux !
Zélé pour te servir et t'aimant pour toi même,
Ah ! quel bonheur pour moi, quand ton cœur amoureux
Ne voyant que l'amour dont brûlerait mon âme,
Ne brûlant que des mêmes feux
En mes bras adorés reposerait sa flamme !

ACROSTICHE SUR LE MOT EUGÉNIE.

En te voyant, ô ma beauté,
Un feu brûlant circule dans mes veines :
Garde mon cœur dans ton cœur adoré
Et viens calmer mes amoureuses peines !
N'en doutes pas, tu tiendras dans tes chaînes,
Ivre d'amour, un mortel dont le cœur
En te voyant verra tout son bonheur !

ACROSTICHE SUR LE MOT ELISE.

Etre chéri de toi, c'est le souverain bien !
Le plus parfait bonheur, c'est le bonheur d'un ange !
Idole de ma vie ô mon ange gardien,
Sainte et chaste beauté, prends-moi pour ton soutien,
Et donne-moi ton amour en échange !

ACROSTICHE SUR LES MOTS MARIE BARREAU.

Marie, astre charmant où mon âme se mire,
Autour de ton amant, brille, brille toujours !
Remplis mon cœur de toi, fais que mon doux sourire,
Idole de mes jours, seul écho de ma lyre,
En effleurant ton front y peigne les amours !
Belle enfant, au printemps de l'âge,
A ce temps gracieux, vermeil dont chaque page
Retrace le plaisir pur, autant qu'enchanteur,
Riante souveraine, oh ! qu'amour dans ton âme
En la vivifiant, fasse brûler sa flamme !
Amour seul, ici-bas, de ta beauté réclame
Un soupir embaumé qui vienne de ton cœur !

ACROSTICHE SUR LE MOT CAROLINE.

Chère et pudique enfant, Caroline adorée,
Avec quel doux transport je rappelle le jour
Riant et gracieux où ton âme enivrée
Ouvrit mon cœur au tendre amour !
L'azur de tes beaux yeux éclaira ce cœur sombre :
Il retrouva sa paix et sa sérénité :
Nulle angoisse ne vint le voiler de son ombre :
Et dès ce jour, pour lui, tout n'est que volupté !

TRIOLET.

L'Amour est un cruel tyran
Qui soumet tout à son empire :
Oui, bien qu'il soit un jeune enfant,
L'Amour est un cruel tyran :
Son pouvoir souverain s'étend
Hélas ! sur tout ce qui respire !
L'Amour est un cruel tyran
Qui soumet tout à son empire !

TENSON.

Ah ! quelle est belle ainsi parée !
Quel doux parfum dans ses cheveux !
Comme son regard langoureux
Reflète son âme adorée !
Que sa parole a de douceur !
C'est le miel exquis de l'Hymette :
Mais las ! qu'il est cruel son cœur !
Comme il dédaigne ma requête !
En vain de ma peine secrète
Je lui montre la profondeur.
Amour, oh ! fais que j'en sois le vainqueur !
Car elle est belle ainsi parée :
Quel doux parfum dans ses cheveux !
Comme son regard langoureux
Reflète son âme adorée !

MADRIGAL.

Oui, le cœur est jeune toujours,
Quand il vit avec les amours :
Le souvenir et l'espérance,
Assaisonnent sa jouissance.

RONDEAU.

Il n'est plus temps; car la fleur est fanée :
Car le zéphyr de son aile embaumée
N'agite plus les feuilles de nos bois !
   Hélas ! la nature aux abois
   Pleure comme une fiancée
   Que son amant a délaissée,
   Et la neige couvre nos toits !
   Il n'est plus temps !

Tout est perdu : vainement mes pensées
Voudraient sourire à nos heures passées :
L'amer regret seul répond à ma voix !
Tout s'est enfui : ton gracieux minois,
Tes yeux si beaux, et ta taille élancée :
Mon cœur est triste, et mon âme angoissée.
   Il n'est plus temps !

ROMANCE.

(Air de la romance du saule de Ducis).

Pleurez, pleurez sur la mort d'une amante !
Plains mon amour, ingrat, plains son ardeur :
Hélas ! pourquoi trompes-tu mon attente ?
Pourquoi me fuir, quand la flamme brûlante
De cet amour va consumer mon cœur ?
Pleurez, pleurez sur la mort d'une amante !

Quel est mon crime ? As-tu jamais pensé
Qu'à ses serments Elise indifférente
Et dans sa foi désormais chancelante
Ait oublié notre bonheur passé ?
Pleurez, pleurez sur l'amour d'une amante !

Ou bien, cruel, croirais-tu qu'en ce jour
Où pour toi seul mon âme se lamente,
J'en plains un autre, et que ma flamme ardente
A ce rival exprime mon amour ?
Pleurez, pleurez sur l'amour d'une amante !

Rassure-toi : je t'aime seulement :
Vois dans mes yeux cette preuve éclatante
Lis dans mon cœur l'effroi qui le tourmente :
Oui, de nouveau, je t'en fais le serment.
Pleurez, pleurez sur l'amour d'une amante

Ainsi chantait Elise tristement,
Mais le cruel qu'implorait son attente,
S'enfuit loin d'elle et la laissa mourante,
Elle périt en proie à son tourment.
Pleurez, pleurez sur l'amour d'une amante !

EPITHALAME.

De Vénus le riant cortége,
Plaisirs, amours, grâces et ris,
Loin des cœurs bannit les soucis :
C'est là son charmant privilége.
En ce jour heureux entre tous
Où radieux il se présente,
Qu'il soit accueilli parmi nous
Avec une joie éclatante :
    Célébrons ici tour à tour,
      La beauté, l'hymen et l'amour.

Jupiter, maître de la foudre
A disparu du firmament :
Neptune, malgré son trident
A vu son trône se dissoudre :
Vénus seule de tous ces dieux
Règne toujours, et son empire
Aimable autant que glorieux
S'étend sur tout ce qui respire.
    Célébrons, etc.,

En vous nous avons un exemple
Du divin pouvoir de Vénus :
Jeunes époux qu'elle a vaincus
Avec bonheur je vous contemple :
Desormais écoutez la voix
D'une si gracieuse reine :
Car vivre sous ses douces lois
N'est pas à coup sûr une peine.
    Célébrons ici tour à tour,
      La beauté, l'hymen et l'amour.

Je mentirais profondément
Si ma muse en ce doux moment
Disait qu'elle n'est pas charmée,
De lire sur vos fronts bénis
Le bonheur si pur d'être unis
Par la chaîne de l'hymenée.
Douce chaîne que celle-là,
Car c'est Vénus qui la tressa
Pour vous en riante couronne ;
Car à chaque anneau tour à tour,
Se lit le chiffre de l'amour
Gravé sur une fleur mignonne.
Peut-on douter de l'avenir,
Du suave et chaste plaisir

Qu'une douce union procure
Quand pour la chanter les oiseaux,
De concerts joyeux et nouveaux,
Animent la tendre nature !
Dans un solitaire séjour,
J'en écoutais un l'autre jour
Qui disait en son doux ramage :
La voici l'heureuse saison
Où le cœur mêle à la raison
Son naïf et touchant langage,
Voici l'amour et le printemps :
Oh ! qu'ils sont heureux les amants,
Dont l'âme s'ouvre à leurs délices,
Et qui, sur l'autel de l'hymen
Par un si gracieux chemin,
Viennent offrir leurs sacrifices !
Pour eux, jamais l'ennui rongeur :
Toujours jeune, leur tendre cœur
Malgré les ans sera fidèle ?
L'oiseau dit, et prit son essor :
Je recueillis comme un trésor
Ce que chanta sa voix si belle :
Et tout heureux, je viens ici
Vous le répéter aujourd'hui,
Désirant, avant toutes choses,
Qu'en ce monde aux rudes sentiers,
Mais bordés parfois de rosiers
Vos pieds ne foulent que des roses !

———

SONNET. *(Impromptu)*

Que je serais heureux, si je savais prier !
Mon Dieu, faites-moi donc la grâce salutaire
De chercher et trouver près de vous la prière,
Ce cri saint que mon âme encor n'a pu crier !
Mon cœur plein de péchés veut se purifier :
Il veut sortir du gouffre où croupit sa misère :
Il veut... mais que peut-il sans votre appui, mon père ?
Vous seul, pouvez l'aider et le fortifier !
Il lui faut de Jésus, la douce confiance,
La résignation, la bonté, la clémence,
Vertus du Ciel qu'un Dieu transporta parmi nous
Il lui faut de l'amour la pure et noble flamme
Qui la lui donnera, mon Dieu, si ce n'est vous ?
Seigneur, prenez pitié de l'état de mon âme !

———